3 Février 1902

V

VENTE

Du Lundi 3 Février 1902

HOTEL DROUOT, SALLE N° 7

à deux heures

OBJETS DE LA CHINE

JADES ET CRISTAUX DE ROCHE

PORCELAINES

Me P. CHEVALLIER, commissaire-priseur

MM. MANNHEIM, experts

CATALOGUE

DES

OBJETS DE LA CHINE

PORCELAINES ET OBJETS VARIÉS

CRISTAUX DE ROCHE

JADES

Statuettes de Divinités, en bronze

DONT LA VENTE AURA LIEU

HOTEL DROUOT, SALLE N° 7

Le Lundi 3 Février 1902

à deux heures

COMMISSAIRE-PRISEUR	EXPERTS
Me PAUL CHEVALLIER	MM. MANNHEIM
10, rue Grange-Batelière, 10	7, rue Saint-Georges, 7

EXPOSITION PUBLIQUE

Le Dimanche 2 Février 1902, de 1 h. 1/2 à 5 h. 1/2

CONDITIONS DE LA VENTE

Elle sera faite au comptant.

Les acquéreurs paieront *dix pour cent* en sus des adjudications.

L'exposition mettant le public à même de se rendre compte de l'état et de la nature des objets, il ne sera admis aucune réclamation une fois l'adjudication prononcée.

Paris. — Imp. de l'Art, E. Moreau et Cie, 41, rue de la Victoire.

DÉSIGNATION

PORCELAINES

1 — Petite coupe libatoire, émaillée sur biscuit. Chine.

2 — Statuette de divinité sur un dauphin. Ancienne porcelaine de Chine.

3 — Petit groupe de deux personnages, émaillé sur biscuit. Chine.

4 — Petite bouteille, émaillée jaune-moutarde. Chine.

5 — Vase, émaillé foie de mulet. Chine.

6 — Paire de bouteilles, émaillées noir. Chine.

7 — Paire de vases-balustres, à quatre faces, en céladon bleu-turquoise. Porcelaine de Chine.

8 — Paire de grandes bouteilles, en céladon bleu-turquoise, gravé sous couverte. Porcelaine de Chine.

9 — Paire de bouteilles, en porcelaine de Chine, émaillées vert-camélia.

10 — Paire de bouteilles, décorées de lambrequins et ustensiles. Chine.

11 — Grande bouteille, décorée de rinceaux fleuris en bleu. Chine.

12 — Paire de petits vases-rouleaux, décorés en bleu : paysages. Chine.

13 — Deux pots ovoïdes, décorés en bleu : paysages. Chine. Couvercles en bois.

14 — Vase quadrilatéral, décoré de papillons sur fond jaune. Chine.

15 — Paire de petits vases, en céladon gris-verdâtre, décorés de branches fleuries. Époque Kien-lung. Chine.

16 — Jardinière en céladon bleu-turquoise. Époque Kien-lung. Chine.

17 — Deux pots ovoïdes, à médaillons et fleurs sur fond jaune. Ancienne porcelaine de Chine, famille rose. Couvercles en bois.

18 — Paire de cornets quadrilatéraux : fleurs et rinceaux sur fond jaune, avec caractères d'écriture. Ancienne porcelaine de Chine.

19 — Grande bouteille, émaillée noir, en ancienne porcelaine de Chine.

20 — Petit vase surbaissé, décor en bleu, fleurs et animaux. Ancienne porcelaine de Chine.

21 — Petit support, fleurs sur fond quadrillé. Ancienne porcelaine de Chine.

22 — Coupe, décorée de dragons en vert sur fond jaune. Ancienne porcelaine de Chine.

23 — Deux petits plats, fleurs et rochers sur fond jaune. Ancienne porcelaine de Chine.

24 — Quatre compotiers, chrysanthèmes. Ancienne porcelaine de Chine.

25 — Plat creux, à compartiments, contenant des rochers, des arbustes et des oiseaux. Ancienne porcelaine de Chine.

26 — Potiche avec couvercle, décor bleu, personnages. Ancienne porcelaine de Chine.

27 — Vase-lancelle, décoré en bleu, paysages animés. Ancienne porcelaine de Chine.

28 — Éléphant caparaçonné. Époque Kien-lung. Chine.

29 — Vase à décor, dit aux Cent-Cerfs. Époque Kien-lung. Chine.

30 — Vase à décor, dit aux Cent-Cerfs. Ancienne porcelaine de Chine. Époque des Mings.

31 — Deux théières, forme gourde, en boccaro. Chine.

32 — Support en ancien céladon bleu-turquoise de la Chine.

33 — Grande vasque en porcelaine de Chine, paysages animés.

34 — Grand vase en ancien céladon gris-verdâtre, gaufré sous couverte, de la Chine, décor de fleurs.

OBJETS VARIÉS

35 — Jeu de neuf plateaux en émail peint, à personnages. Chine.

36 — Coupe à fond jaune et quatre présentoirs à fond bleu, émail peint. Chine.

37 — Flacon-tabatière, forme crapaud, bois sculpté. Chine.

38 — Flacon-tabatière, en verre bleu et blanc. Chine.

39 — Flacon avec bouchon en cristal. Chine.

40 — Petite jardinière en verre blanc, imitant le jade. Chine.

41 — Bracelet en verre, imitant le jade. Chine.

42 — Deux boutons de mandarins, corail et argent.

43-44 — Deux pitongs variés en ivoire. Chine.

45-46 — Deux statuettes de divinités chinoises en ivoire.

47 — Petite boîte cylindrique, avec couvercle en ivoire. Chine.

48 — Petit bas-relief chinois et deux netsukés japonais ; ivoire.

49 — Bandeau en point dit des Gobelins, fond rouge. Ancien travail chinois.

50 — Deux panneaux variés en point dit des Gobelins, à personnages. Ancien travail chinois.

51 — Brûle-parfum avec couvercle ajouré en ancien émail cloisonné de la Chine, à fond bleu, avec parties réservées en bronze. Époque des Mings.

52 — Deux boîtes lenticulaires variées, bronze de la Chine.

53 — Trois petits porte-fleurs variés en bronze de la Chine.

54 — Lampe de suspension en ancien bronze de la Chine. Culte musulman chinois.

55 — Vase en ancien bronze taché d'or de la Chine.

56 — Jardinière en ancien bronze taché d'or de la Chine.

57 — Deux petits Bouddhas chinois en pierre teintée bleu et cuivre doré.

58 — Deux pieds de vases en bois sculpté, style chinois.

59 — Grand panneau de tenture en satin rouge, brodé de soies de couleur, à dessin de personnages, rochers et arbustes. Avec bandeau en satin vert brodé à dessins d'arbustes, fruits et personnages ; bordure de franges. Travail chinois.

Haut., 3 m. 35 cent.; larg., 3 m. 60 cent.

MATIÈRES DURES

60 — Porte-fleurs en lapis-lazuli, en forme de feuilles d'eau. Chine.

61 — Petite coupe en cornaline. Chine.

62 — Flacon-tabatière en cristal de roche incolore uni. Chine.

63 — Petite jardinière ronde en cristal de roche incolore uni. Chine.

64 — Porte-pinceau en cristal de roche incolore. Chine.

65 — Autre plus grand.

66 — Petit chien de Fô couché, en cristal de roche incolore. Chine.

67 — Autre plus petit.

68 — Petit presse-papier, orné d'un animal chimérique, cristal de roche incolore. Chine.

69 — Presse-papier orné d'un cheval, cristal de roche incolore. Chine.

70 — Presse-papier en forme de fruit, cristal de roche incolore. Chine.

71-72 — Deux grands presse-papiers variés ornés de chiens de Fô, cristal de roche incolore. Chine.

73 — Porte-fleurs en forme de fruit, en cristal de roche améthyste. Chine.

74 — Petit vase orné de branchages en relief, cristal de roche améthyste. Chine.

75 — Deux presse-papiers ornés de chiens de Fô, cristal de roche enfumé. Chine.

76 — Deux petits flacons variés, cristal de roche enfumé. Chine.

77 — Vase-balustre, à pans, en cristal de roche incolore, gravé, branches fleuries. Chine.

78 — Autre plus petit.

79 — Petit vase avec couvercle en cristal de roche incolore, gravé de la Chine, oiseaux; anses-dragons.

80 — Petite boîte ovale en cristal de roche incolore. Chine.

81 à 84 — Quatre porte-bouquets variés en cristal de roche incolore de la Chine, en forme de troncs d'arbres et rochers.

JADES

85 — Paire de petit vases, avec couvercles, en jade verdâtre de la Chine, à décor de dragons.

86 — Petit flacon-tabatière en jade gris de la Chine, à surface granulée.

87 — Petit fruit en jade vert de la Chine.

88 — Deux coupes unies, l'une en jade blanc, l'autre en jade gris-verdâtre. Chine.

89 — Deux boîtes cylindriques variées, avec couvercles en jade vert uni de la Chine.

90 — Petit vase en jade brûlé de la Chine, à décor de branchages.

91 — Vase-balustre en jade gris de la Chine, orné de petits lambrequins; anses avec anneaux pris dans la masse.

92 — Petite coupe ornée de branchages ajourés, pris dans la masse; jade gris de la Chine.

93 — Très petite théière en jade brûlé de la Chine,

avec couvercle, décor de caractères d'écriture et fleurs.

94 — Trois petites plaques en jade gris de la Chine, animaux et branches fleuries en relief.

95 — Deux très petits groupes, en jade gris de la Chine : singes et souris.

96 — Petit bouton de couvercle, en forme de branchages, en jade gris de la Chine.

97 — Petit groupe de chiens de Fô, jade vert de la Chine.

98 — Bracelet en jade de la Chine.

99 — Deux petites jonques en ancien jade gris de la Chine, ornées chacune d'un personnage en ronde-bosse.

100 — Théière à six pans, avec couvercle, en ancien jade gris de la Chine, à décor de caractères d'écriture et de fleurs.

101 — Statuette de divinité, debout, tenant une branche de pêcher. Ancien jade gris de la Chine.

102 — Porte-fleurs, en forme de poisson, en ancien jade gris de la Chine, avec parties ajourées.

103 — Petit vase-balustre plat, avec couvercle, en jade gris de la Chine, décoré de branches fleuries en relief et accosté d'une cigogne ; petites anses le long du col.

104 — Petit vase-balustre, avec couvercle, en jade gris de la Chine, décoré d'une bande de motifs irréguliers en léger relief; très petites anses ajourées à la gorge.

105 — Gourde, de forme aplatie, en jade vert de la Chine, à décor de fleurs et feuilles en bas-relief; anses ajourées à volutes le long du col.

106 — Deux pièces : théière et flacon à thé, avec couvercles, en jade gris de la Chine, à décor de fleurs et feuilles.

107 — Porte-bouquet en jade blanc et vert-émeraude, en forme de tronc d'arbre, avec oiseaux. Chine.

108 — Deux coupes, avec couvercles, en jade blanc et vert-émeraude uni de la Chine.

109 — Grande gourde, à panse lenticulaire, munie au col de deux petites anses à volutes, ancien jade gris de la Chine; décor de personnages en bas-relief.

110 — Grand vase-balustre plat, avec couvercle, muni de deux anses, en ancien jade gris de la Chine, décoré de fleurs, feuilles et motifs irréguliers ; col à gorge orné de petites feuilles.

111 — Vase-balustre plat, avec couvercle, en jade gris de la Chine, à décor de branches fleuries en léger relief; col à gorge orné de feuilles et muni de petites anses ajourées.

112 — Vase-balustre, avec couvercle, en ancien jade gris foncé de la Chine, à décor de feuilles et bandes ornées, avec anses en forme de lingtchi.

COLLECTION

DE DIVINITÉS CHINOISES

113 à 142. — Environ soixante-et-une statuettes variées de Bouddhas en bronze laqué et patiné. Ancien travail chinois. (Seront divisées.)

RED. :

16

0 1 2 3 4 5 6 7 8 9 10

www.ingramcontent.com/pod-product-compliance
Lightning Source LLC
LaVergne TN
LVHW050227180726
843501LV00013BA/3213